# 弦外之音

文學留聲2

余光中

詩稿・朗誦・談詩・手跡・歲月留影（附詩人親自錄音CD三張）

# 瘂弦小傳

王慶麟，筆名瘂弦；河南南陽人，生於民國二十一年（一九三二），青年時代於大動亂中入伍，隨軍輾轉來台；復興崗學院戲劇系畢業後，服務於海軍。曾應邀參加愛荷華大學（University of Iowa, Iowa City）國際作家創作計劃，嗣後入威斯康辛大學（University of Wisconsin, Madison）東亞研究所，獲碩士學位。曾主編《創世紀》、《詩學》、《幼獅文藝》、《聯合文學》等雜誌、聯合報副總編輯兼副刊主編，並主講新文學於東吳大學、靜宜大學。瘂弦以詩之開創和拓殖知名，民謠寫實與心靈探索的風格體會，四十年來蔚為現代詩大家，從之者既眾，影響深遠。本書《弦外之音》所選十七首作品，為詩人的代表作，可謂現代詩之顛峰谷壑，陰陽昏曉，其秀美典雅，盡在於斯。

1951-台灣鳳山

1951-台灣台北

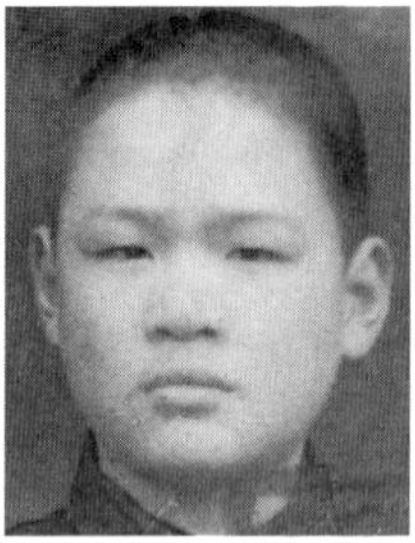

1946-河南南陽

1954-台灣左營

1953-台灣

1953-台灣北投

1954-台灣左營

1954-台灣左營

1954-台灣左營

1961-台灣北投

1955-台灣左營

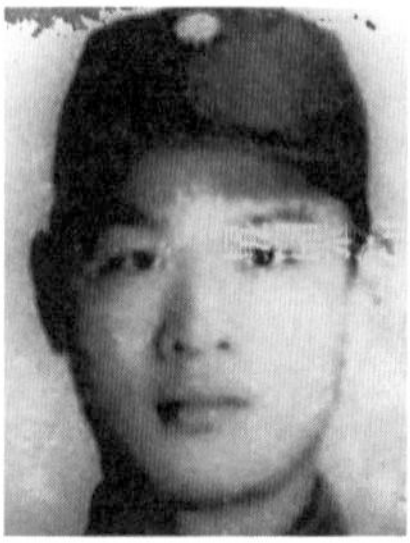

1954-台灣台北

2006 PRINT IN TAIWAN www.linkingbooks.com.tw

1966-美國愛荷華

1966-美國愛荷華

1965-台灣台北

1971-台灣台北

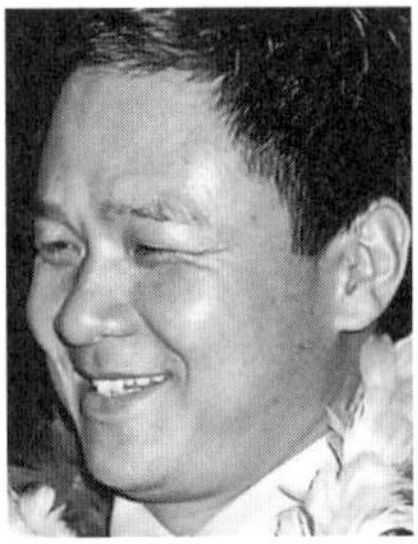
1966-台灣台北

1966-美國愛荷華

1990-台灣台北

1980-台灣台北

1977-台灣台北

2006-台灣苗栗

2000-台灣花蓮

1999-台灣台北

# 弦外之音

## 目次 CONTENTS

〈序詩〉

# 那鼻音——接痘弦長途電話

余光中

那鼻音
圓融而溫潤
微顫似金屬細緻的波振
齒音清脆，嗓音低迴
帶點磁性的引力那鼻音
那沉穩的男中音曾經風行
五十年代的夜晚，當它吟誦
所有的耳朵簇仰在下風
左營風吹臺北的雨
醒耳慣聽那恰好的頻率
河南到臺南那鄉謠的節奏

◎瘂弦與余光中、齊邦媛在林海音紀念會上悼念逝者，談林海音對文壇的貢獻。（2005，台南）

◎文友在詩人余光中香港寓所小聚，左起金兆、瘂弦、何懷碩、梁錫華、余光中、金耀基等。（約1980年代）

幸福的事

## ——談瘂弦的聲音

◎張曉風（散文家）

有一本書，叫《麻衣相法》。

大路旁的煙塵裡，常有相士枯坐在一張大大的、畫了五官的無趣臉孔的下方，等待顧客上門，並向他們請教隱藏在自己眉、眼、鼻、額間的人生的凶吉悔吝和富貴窮通。而相士的根據便是那本《麻衣相法》。

古人似乎相信，一張臉孔的視覺結構，意味著性格和命運。或者說，古人幾乎把眉毛多長或鼻子多寬看成是上帝安排的密碼，可以輕易斷出一個人的弟兄手足的存歿或家產的虛實起落。

然而，我是不太信這套說詞的，特別在整形業如此發達的今天。

我卻相信另外一個東西，我相信人的性格隱藏在聲音裡，可惜世上沒有一套叫《麻衣聲法》的書。

《史記》上提到秦始皇，說他「豺聲」（其他的書上也提過這種奇怪的聲音，主角卻另有其人）。豺怎麼叫，我沒有聽過，卻憑想像已覺心寒，想來是一種慘刻寡恩令人驚悚的聲音。《左傳》上說，連嬰兒的哭聲也都可以預示出那種冷酷的性格。

臉型可以改變，膚色可以塗抹，眉目可以修飾，表情可以虛誇——當然，聲音也可以作偽。但不知為什麼，我覺得一般人在視覺上用臉孔騙人的手段比較高明，用聲音撒謊，卻不容易裝得那麼像。

◎瘂弦從聯合報退休，全國文化、文學界為他舉辦「弦歌不絕——瘂弦的編輯歲月」歡送會，與張曉風合影於會場。（1998.8）

我還是比較相信聲音。

一個人的學問、一個人的涵養、一個人的性情和天真、愛憎和渴望、正邪和敬慢，都藏在聲音背後。如果我是大天使長，我會告誡小天使，不要太注意看人類的臉，要注意聽人類的聲音。這樣，他們才能找到該去幫忙的好人。以及，該去懲治的壞人。

3

據說，好姻緣是修來的。那麼，依此類推：好家庭、好相貌也是修來的。當然，好聲音更是修來的，是用幾世幾劫的深情修來的。生有好聲音的人可能曾是一位善良的歌手，也可能曾是一隻枝頭的黃鸝，或者是一個快樂的跟孫兒講故事的老祖母……

我的朋友中每有些聲音極迷人的，像席慕蓉、像馬國光、像蔣勳、像瘂弦……

所謂好聲音，對我而言，其定義如下：

1. 溫柔善良。

2. 因渴望去告訴別人一件事，故而說得真切質直。

3.凝注的眼神。

4.在包容和喜悅的語音中，隱隱有些生命的創痛藏在某個不為人知的處所。

5.歷史的滄桑。

如果用上述的標準去衡量，瘂弦的聲音無疑是最迷人的。因為他包紮傷口包得最技巧最不欲人知，他的滄桑較年輕一輩當然更深沉，更淒婉有致。

如果有前世，瘂弦前世作了什麼好事才會擁有這麼好的聲音呢？

（當然，連前世，我也是不信的，我和瘂弦都是基督徒。）

好，我只是說如果……

首先，他應該是那北方農家的那串紅玉米，吊在多風的簷下，聽慣了陽光和露水的對話，並且還偷偷學會了蟲吟的密碼。

也許，他曾是被武則天女皇帝一怒而貶

◎加拿大的大南瓜，怎比得上咱河南老家的紅玉米？（2004，溫哥華）

放到河南洛陽去的牡丹。是「金谷從來滿園樹，河陽一縣并是花」的那些花花樹樹，（按：金谷和河陽是河南的地名，而痖弦祖籍便是河南，此句子出於六朝時期庾信的〈春賦〉）花樹間眾鳥啁啾，他就是那枝蒐集鳥語並牢記不忘的南柯。其中包括小鳥啼飢的聲音、母鳥餵食的聲音、雄鳥求偶的聲音……

被收入記憶的也許還有落雪的聲音，或冰墜子咯崩一聲折斷的聲音、還有春雨滴入高粱地的無聲之聲，小溪流淌過麥田的沒有節奏的節奏……

還有，還有古荒原上歷朝歷代宮殿摧倒的聲音，窗櫺枯朽的聲音，及歲歲年年春花花瓣蓬然一聲坼開的聲音。當然，也許更有隆隆砲聲，咻咻槍聲，或遍野哀鴻之聲……

如果你想知道更詳細的成分，我堅信那其間更包含某些水的比例。譬如說二月冰河初泮的嘶嘶聲，或順著黑瓦簷子淌流下來的春雨聲，以及荷葉上的凝露悄悄滾動如走珠的不安之聲，或淡淡的茗茶自茶壺口跌落於茶盅的清揚聲，加上湖水在晨曦中蒸騰為寒煙之際愉悅的呼痛聲……

動人的聲音必然來自哀傷和喜悅的交會處，大悲涼和大自在的矛盾處，極徹悟和極不捨的可疑處。

「瘂弦」的「瘂」不是「聾啞」的「啞」，而是「暗瘂」的「瘂」，是生命在成敗住空之餘的那份卑微的收斂，和大度的雍容，是止不住的哀戚，和抑不住的暢揚。

## 4

我偶然收藏了一本《陶淵明全集》，無限珍惜。《陶淵明全集》其實不希罕，因為一千五百年來喜愛的人多，所以不時有新刻本。但我收藏的這本叫「倣蘇本」，民初刻的。

為什麼叫「倣蘇本」呢？原來蘇東坡極愛陶淵明，宦途流離中他抄寫了整本的陶淵明。有人把蘇東坡的抄本拿去刻了付梓，但不幸那書絕了版，後人再也看不到。於是有人摹倣蘇東坡的筆意重新抄寫了陶詩，又有人照著這本子再刻成版。這個版本，被算做「倣蘇版」。

我收藏這個版本不是因我愛陶詩（雖然陶詩我很愛），也不是因為我愛蘇體字（雖然蘇體字我也很愛）。但我收藏它是為了愛「蘇東坡俯首貼心愛陶淵明的愛」，以及後人珍惜此情此事而認真再做一次刻本的努力。文人之間可以睽隔四百年而如此相敬相惜，令人動容。

我和瘂弦之間，相隔半代，我對那一代的人常懷敬意。最近初聆聽瘂弦用他的聲音說詩，覺得真是一件兩美相遇的好事。（「兩美」在〈離騷〉中指的是「明君和賢臣的相遇」，此處則泛指一切好事物的相聯。）其好，譬猶蘇字加上陶詩，是珠之聯，是璧之合，又似秋水倚天長，落霞含孤鶩，令人步步驚艷。

古人有許多讓今人羨慕的好事，但今人也有些令古人深妒的美事。古人無法聞古人之聲，像孔子之歌，其聲如何沒人知曉。他在大川之上為逝水喟嘆，其聲息是怎樣的既慷慨又淒清，我們都無法揣摩。但今人卻能捕捉某些聲音，並令之長存。能和瘂弦生在同世，又能聽到他為我們錄下的聲音，我想，我是可以和夫子聞韶樂一般喜悅的。

滔滔天下，好顏色易求，好聲音難得。好歌手易獲，好「說話人」難致。能聽見好言好語加上好聲氣來說好詩的事，於我，是一件值得去謝天的幸福事件。

# 迂迴於耳渦的詩之流水

◎白靈（詩人）

瘂弦有四奇。以一本詩集獨步詩壇，難有敵手，一奇也；於高峰處戛然終止詩筆，眾目渴其詩如渴甘霖，卻無所動心，二奇也；從雜誌到報刊，均值文藝思潮之黃金時期，企劃編纂、引領文學風騷數十載，三奇也；絕對的磁性雄喉，群聚處談笑風生，眾耳如沐春風，四奇也。以此四奇，求諸海峽兩岸詩人，亦極少有，說是空前絕後，或不為過。

若有一兩句話可以形容瘂弦，那便是：

瘂弦的詩是可以看的音樂，瘂弦的聲音是可以聽

◎瘂弦與白靈在台北一家名叫「北樓」的咖啡店。（2003）

的詩。

他的詩是彈指神功，手法神奧難解。指腕一轉，輕鬆揮灑，直穿時代和人性。他停筆不再寫詩好有一比，像溪流中轟隆滾動而至又突地紋風不動立於中流之巨岩，風為之阻，水為之不前。幸好他不能不說，因而他的機趣幽默、他的「詩見詩解」，才有機會轉為可以輕唱於耳渦的詩之流水，有時婉轉迂迴、有時又像才從峰嶺雲巔放瀑布而下，令人坐臥自得，讚嘆不已。

此錄音製作，將其詩與文學的見聞和領悟總匯一處，從詩的定義說起，到詩與各種媒介的發展、詩的演化說、乃至如何在生活裡「過」一首詩……等等，彷彿聆一長者面授人生機宜和道述文學奧祕，語句幽默風趣，愉悅而富智慧。聽其聲如見其人，機智處轉折疊疊，不惟聽覺的一大享受，亦值得藏於心靈之一大財富也。

# 聽痖弦說詩

◎趙孝萱（中國三〇年代文學研究者，佛光大學文學院院長）

詩是什麼？

詩是通向夢的梯子，語言就是它的階梯。

詩是字的節日，面具的反叛，荒謬的睡眠。

詩是文字向未知探索的觸角，詩人就是蝸牛。

詩是沒有弦的琴，沒有眼的窗子，沒有腳的路，沒有肉體的靈魂。

詩人，要作詩的奴隸。可他得是語言文字的主人。

寫詩，是對付殘酷命運的手段。

詩是語言的酒，是思想的地雷。

詩，是藝術的侵略者，詩是感覺了的思想。

這些，都是對詩的形容，不是定義。詩人瘂弦說：詩沒有固定的疆界，沒有固定的形象，也沒有必然的定義。

但詩有生命。

生命，就是詩的原質。詩顯示生命，批判生命，提升生命。只有能顯現生命且令人起共鳴的，才是好詩、真詩。形式語言倒是其次。

我們要享受生命，看看花落、水流、雲飛、鳥散，也要讀一讀詩。

讀詩，除了品味生命的原質以外，也要注意它的藝術性、創造性、整體性。讀詩是有方法的，瘂弦要教人怎麼讀詩。

詩人對詩，自然也有期待。希望現代詩能與傳統結合，與生活結合。讓我們這個詩的民族重新活在詩裡，讓詩重新洗濯我們的靈魂。

這是詩、詩想與詩人的聲音！

寫詩，難；說詩，更難；以音聲說詩卻如詩，更是難上加難。瘂弦以意象的聲音，開了詮詩解夢的窗。

準確簡潔，一如他理想的詩語標準。他道著何為詩？詩為何？詩之所應然、所必然、所當然。

詩的意象詩的傳統詩的語言詩的價值。

彷彿在說詩是美、詩是生命、詩是自然、詩是一切。

愛美愛生命愛自然的你，能不愛詩？愛詩的你，能不聽瘂弦說詩？

# 大家一起醉吧

◎阿鍾（逍遙遊藝術文化公司負責人）

好事都被我撞到了，先是鋼琴大師史蘭倩絲卡（Ruth Slenczynska）專輯CD，現在又是大詩人瘂弦有聲CD與書籍出版，好事成雙，小人物真的可以唱狂想曲，美夢成真又一篇。

張曉風教授形容好聲音是「上帝吻過的聲音」，這下我先醉了，大家一起醉吧！

好聲音是天籟之音，可遇不可求的；好內容加好聲音，不醉也難。

# 瘂弦詩選

# 我的靈魂

啊啊，君不見秋天的樹葉紛紛落下
我雖浪子，也該找找我的家

那時候
我的靈魂被海倫的織機編成一朵小小的鈴噹花
我的靈魂在一面重重的銅盾上忍受長劍的擊打
我的靈魂燃燒於巴爾那斯諸神的香爐
我的靈魂繫於荷馬的第七根琴索

## 我的靈魂

啊啊，君不見秋天的樹葉紛紛落下
我雖浪子，也該找找我的家

那時候
我的靈魂被海倫的織機編成一朵小小的鈴噹花
我的靈魂在一面重重的銅盾上忍受長劍的擊打
我的靈魂燃燒於巴爾那斯諸神的香爐
我的靈魂繫於荷馬的第七根琴索

我的靈魂
在特洛伊城堞的苔鮮裏傾聽金鈴子的怨嗟
在圓形劇場的石欖下面，偷聞希臘少女的裙香
在合唱隊群童小溪般的聲帶中，悄然落淚
在莎福克利斯劇作裏，悲悼一位英雄的死亡

啊啊，在演員們輝煌的面具上
且哭且笑。我的靈魂
藏於木馬的肚子裏
正準備去屠城。我的靈魂

我的靈魂
在特洛伊城堞的苔鮮裡傾聽金鈴子的怨嗟
在圓形劇場的石凳下面，偷聞希臘少女的裙香
在合唱隊群童小溪般的聲帶中，悄然落淚
在莎福克利斯劇作裡，悲悼一位英雄的死亡

啊啊，在演員們輝煌的面具上
且哭且笑。我的靈魂
藏於木馬的肚子裡
正準備去屠城。我的靈魂

◎初訪美國愛荷華大學。(1966.9)

躲在一匹白馬的耳朵中
聽一排金喇叭的長鳴。我的靈魂
震動於戰車的輻輳上，轆轆挺進
向雅典，向斯巴達，向渺小的諸城邦
顫慄於農夫們的葡萄裏
遭受荻奧賽斯的鐘打，怯怯地走進榨床
晃動於大樓船的槳葉上
撥動着愛琴海碎金般的波浪
啊啊，我的靈魂

◎在愛荷華湖濱想念台灣。（1966.9，莊喆攝）

躲在一匹白馬的耳朵中
聽一排金喇叭的長鳴。我的靈魂

震動於戰車的輻輳上，轆轆挺進
向雅典，向斯巴達，向渺小的諸城邦
顫慄於農夫們的葡萄裡
遭受荻奧賽斯的錘打，怯怯地走進榨床
晃動於大樓船的槳葉上
撥動著愛琴海碎金般的波浪
啊啊，我的靈魂

我的靈魂如今已倦遊希臘
我的靈魂也需歸家
啊啊，是不是秋天的樹葉紛紛落下

我聽見我的民族
我的輝煌的民族在遠遠地喊我喲
黑龍江的浪花在喊我
珠江的藻草在喊我
黃山的古鐘在喊我
西蜀棧道上的小毛驢在喊我喲

◎初到海軍。（1954，左營）

我的靈魂如今已倦遊希臘
我的靈魂必需歸家
啊啊，君不見秋天的樹葉紛紛落下

我聽見我的民族
我的輝煌的民族在遠遠地喊我喲
黑龍江的浪花在喊我
珠江的藻草在喊我
黃山的古鐘在喊我
西蜀棧道上的小毛驢在喊我喲

我的靈魂原來自殷墟的甲骨文
所以我必需歸去
我的靈魂原來自九龍鼎的篆煙
所以我必需歸去

我的靈魂啊
原本是從敦煌千佛的法掌中逃脫出來
原本是從唐代李思訓的金碧山水中走下來
原本是從王壇的飛簷間飛翔出來

◎夜燈下。（1951，台北）

我的靈魂原來自殷墟的甲骨文
所以我必需歸去
我的靈魂原來自九龍鼎的篆煙
所以我必需歸去

我的靈魂啊
原本是從敦煌千佛的法掌中逃脫出來
原本是從唐代李思訓的金碧山水中走下來
原本是從天壇的飛簷間飛翔出來

啊啊，君不見秋天的樹葉紛紛落下
我雖浪子，也該找找我的家

希臘喲，我僅僅住了一夕的客棧喲
我也需向你說再會
我也需重歸

我的靈魂要到流浪去
去洗洗足
去濯濯纓
去飲我的黃驃馬

◎在愛荷華，住在每月五十美元租費的小閣樓中，讀禁書(台灣看不到的)，做札記，自得其樂。（1966.9）

啊啊，君不見秋天的樹葉紛紛落下
我雖浪子，也該找找我的家

希臘喲，我僅僅住了一夕的客棧喲
我必需向你說再會
我必需重歸

我的靈魂要到滄浪去
去洗洗足
去濯濯纓
去飲我的黃驃馬

去聽聽伯牙的琴聲
我的靈魂要到汨羅去
去看看我的恩師老屈原
問問他認不認得莎翁和但丁
再和他同吟一葉蘆葦
同食一角米粽

我的靈魂要到峨嵋去
坐在木魚裏做夢
坐在禪房裏喝茶
坐在蒲團上悟出一點道理來

◎與洛夫、歸亞蕾攝於左營廣播電台門前。瘂弦與洛夫均在電台當編輯，歸亞蕾是同事歸來先生的女兒，常來電台聽兩位叔叔講詩。（1965）

去聽聽伯牙的琴聲
我的靈魂要到汨羅去
去看看我的恩師老屈原
問問他認不認得莎孚和但丁
再和他同吟一葉蘆葦
同食一角米粽

我的靈魂要到峨嵋去
坐在木魚裡做夢
坐在禪房裡喝茶
坐在蒲團上悟出一點道理來

我的靈魂要到長江去
去飲陳子昂的淚水
去送孟浩然至廣陵
再逆流而上白帝城
聽一聽兩岸悽厲的猿鳴

啊啊，我的靈魂已倦遊希臘
我的靈魂中需歸家
是不是秋天的樹葉紛紛落下

◎在美國密西西比河船上與各國作家談詩論藝，高歌一曲。（1966.10）

我的靈魂要到長江去
去飲陳子昂的淚水
去送孟浩然至廣陵
再逆流而上白帝城
聽一聽兩岸悽厲的猿鳴

啊啊，我的靈魂已倦遊希臘
我的靈魂必需歸家
君不見秋天的樹葉紛紛落下

# 給橋

常喜歡你這樣子
坐着，散起頭髮，彈一些些的杜步西
在折斷了的牛蒡上
在河裏的雲上
天藍着漢代的藍
基督溫柔古昔的溫柔
在水磨的遠處在雀聲下
在靠近五月的時候

## 給橋

常喜歡你這樣子
坐著，散起頭髮，彈一些些的杜步西
在折斷了的牛蒡上
在河裡的雲上
天藍著漢代的藍
基督溫柔古昔的溫柔
在水磨的遠處在雀聲下
在靠近五月的時候

◎瘂弦夫人張橋橋的新娘照。（1965.4）

（讓他們喊他們的酢醬草萬歲）

整整的一生是多麼地、多麼地長啊
縱有某種詛咒久久停在
豎笛和低音簫們那裏
而從朝至暮念着他、惦着他是多麼的美麗

想着，生活着，偶爾也微笑着
既不快活也不不快活
有一些甚麼在你頭上飛翔

（讓他們喊他們的酢醬草萬歲）

整整的一生是多麼地、多麼地長啊
縱有某種詛咒久久停在
豎笛和低音簫們那裡
而從朝至暮念著他、惦著他是多麼的美麗

想著，生活著，偶爾也微笑著
既不快活也不不快活
有一些什麼在你頭上飛翔

◎戀愛時，瘂弦和橋橋沒錢去台北，就跑到永和鄉下秀朗橋附近跟水牛玩。
（1963，張慶平攝）

或許
從沒 一些甚麼

美麗的禾束時時配置在田地上
他總吻在他喜歡吻的地方
可曾瞧見陣雨打濕了樹葉與草麼
要作草與葉
或是作陣雨
隨你的意

◎〈給橋〉這首詩的靈感，莫非來自這相偎相依的情景？
（1963，台北永和）

或許
從沒一些什麼

美麗的禾束時時配置在田地上
他總吻在他喜歡吻的地方
可曾瞧見陣雨打濕了樹葉與草麼
要作草與葉
或是作陣雨
隨你的意

（讓他們喊他們的酢醬草萬歲）

下午總愛吟那闋〈聲聲慢〉
修着指甲，坐着飲茶
整整的一生是多麼長啊
在過去歲月的額上
在疲倦的語字間
整整一生是多麼長啊
在一支歌的擊打下
在悔恨裏

◎詩人愛上了橋橋這位雙辮子姑娘。
（1962，北投復興崗）

（讓他們喊他們的酢醬草萬歲）
下午總愛吟那闋〈聲聲慢〉
修著指甲，坐著飲茶
整整的一生是多麼長啊
在過去歲月的額上
在疲倦的語字間
整整一生是多麼長啊
在一支歌的擊打下
在悔恨裡

任誰也不說那樣的話
那樣的話，那樣的呢
遂心乱了，遂失落了
遠遠地，遠遠地

◎剛結婚不久的橋橋。（1966）

任誰也不說那樣的話
那樣的話，那樣的呢
遂心亂了，遂失落了
遠遠地，遠遠地

◎看海的日子。（1984.8，高雄英國領事館舊址）

# 紅玉米

宣統那年的風吹着
吹着那串紅玉米

它就在屋簷下
掛着
好像整個北方
整個北方的憂鬱
都掛在那兒

◎在河南南陽老家掛滿玉米的堂屋前。（1991.9）

## 紅玉米

宣統那年的風吹著
吹著那串紅玉米

它就在屋簷下
掛著
好像整個北方
整個北方的憂鬱
都掛在那兒

猫似一些逃學的下午
雪使私塾先生的戒尺冷了
表姊的驢也就拴在桑樹下面

猫似嗩吶吹起
道士們喃喃著
祖父的亡靈到京城去還沒有回來

猫似叫哥哥的葫蘆藏在棉袍裏
一點點淒涼，一點點溫暖
以及銅環滾過崗子

◎回到闊別四十二年的家鄉，瘂弦與親人團聚，並為祖父母、父母掃墓立碑。(1991.9)

猶似一些逃學的下午
雪使私塾先生的戒尺冷了
表姊的驢兒就拴在桑樹下面

猶似嗩吶吹起
道士們喃喃著
祖父的亡靈到京城去還沒有回來

猶似叫哥哥的葫蘆藏在棉袍裡
一點點淒涼，一點點溫暖
以及銅環滾過崗子

遙見外婆家的蕎麥田
便哭了

就是那種紅玉米
掛着久久地
在屋簷底下
宣統那年的風吹着

你們永不懂得
那樣的紅玉米

◎吹起嗩吶，祭拜祖塋，一如昔年。（1991.9）
◎遠赴河南舞鋼，看望好友散文家楊稼生（左二）
及其家人。（2002）

遙見外婆家的蕎麥田
便哭了

就是那種紅玉米
掛著，久久地
屋簷底下
宣統那年的風吹著
你們永不懂得
那樣的紅玉米

它掛在那兒的姿態
和它的顏色
我底南方出生的女兒也不懂得
凡爾哈崙也不懂得

猶似現在
我已老邁
在記憶的屋簷下
紅玉米掛着
一九五八年的風吹着
紅玉米掛着

◎第二次返鄉，瘂弦與親人合影於外婆留下的老屋前。（1992.8）

它掛在那兒的姿態
和它的顏色
我底南方出生的女兒也不懂得
凡爾哈崙也不懂得

猶似現在
我已老邁
在記憶的屋簷下
紅玉米掛著
一九五八年的風吹著
紅玉米掛著

# 盐

二嬷嬷壓根兒也沒見過退斯妥也夫斯基。春天她只叫着一句話：盐呀，盐呀，給我一把盐呀！天使們就在榆樹上歌唱。那年豌豆差不多完全沒有開花。

盐務大臣的駱隊在七百里以外的海湄走着。二嬷嬷的盲瞳裏一束藻草也沒有過。她只叫着一句話：盐呀，盐呀，給我一把盐呀！天使們嬉笑着把雪摇給她。

一九一一年黨人們到了武昌。而二嬤嬤卻從吊在榆樹上的裹腳帶上，走進了野狗的呼吸中，禿鷲的翅膀裏；且很多聲音傷逝在風中，鹽呀，鹽呀，給我一把鹽呀！那年豌豆差不多完全開了白花。退斯妥也夫斯基壓根兒也沒見过二嬤嬤。

## 鹽

二嬤嬤壓根兒也沒見過退斯妥也夫斯基。春天她只叫著一句話：鹽呀，鹽呀，給我一把鹽呀！天使們就在榆樹上歌唱。那年豌豆差不多完全沒有開花。

鹽務大臣的駱隊在七百里以外的海湄走著。二嬤嬤的盲瞳裡一束藻草也沒有過。她只叫著一句話：鹽呀，鹽呀，給我一把鹽呀！天使們嬉笑著把雪搖給她。

一九一一年黨人們到了武昌。而二嬤嬤卻從吊在榆樹上的裹腳帶上，走進了野狗的呼吸中，禿鷲的翅膀裡；且很多聲音傷逝在風中，鹽呀，鹽呀，給我一把鹽呀！那年豌豆差不多完全開了白花。退斯妥也夫斯基壓根兒也沒見過二嬤嬤。

# 上校

那純粹是另一種玫瑰
自火焰中誕生
在蕎麥田裏他們遇見最大的會戰
而他的一條腿訣別於一九四三年

他曾聽到過歷史和笑

甚麼是不朽呢

咳嗽藥刮臉刀上月房租 如此等等
而在妻的縫紉機的零星戰鬥下
他覺得唯一能俘虜他的
便是太陽

◎佩槍的瘂弦，意氣風發。（1954，台北小坪頂營區）

## 上校

那純粹是另一種玫瑰
自火焰中誕生
在蕎麥田裡他們遇見最大的會戰
而他的一條腿訣別於一九四三年

他曾聽到過歷史和笑

什麼是不朽呢
咳嗽藥刮臉刀上月房租如此等等
而在妻的縫紉機的零星戰鬥下
他覺得唯一能俘虜他的
便是太陽

# 水夫

他拉緊鹽漬的繩索
他爬上高高的桅桿
到晚上他把他想心事的頭
垂在甲板上有月光的地方

而地球是圓的

他妹子從煙花院裏老遠捎信給他
而他把她的小名連同一朵雛菊刺在臂上

當微雨中風在搖燈塔後邊的白楊樹
街坊上有支歌是關於他的
而地球是圓的
海啊，這一切對你都是愚行

◎黃河初履。（1992，河南鄭州）

## 水夫

他拉緊鹽漬的繩索
他爬上高高的桅桿
到晚上他把他想心事的頭
垂在甲板上有月光的地方
而地球是圓的

他妹子從煙花院裡老遠捎信給他而他把
她的小名連同一朵雛菊刺在臂上
當微雨中風在搖燈塔後邊的白楊樹
街坊上有支歌是關於他的
而地球是圓的
海啊，這一切對你都是愚行

# 修女

且總覺有些甚麼正在遠遠地喊她
在這鯖魚色的下午
當撥盡一串念珠之後
總覺有些甚麼

而海是在渡船場的那一邊
這是下午，她坐着
兵營裏的喇叭總這個樣子的吹着
她坐着

◎在美國密西西比河船上，與波蘭詩人賓考斯基（中）談流放文學。（1966.10）

## 修女

且總覺有些什麼正在遠遠地喊她
在這鯖魚色的下午
當撥盡一串念珠之後
總覺有些什麼

而海是在渡船場的那一邊
這是下午，她坐著
兵營裡的喇叭總這個樣子的吹著
她坐著

今夜或將有風，牆外有曼陀鈴
幽幽怨怨地一路彈过去——
一本書上曾經這樣寫过的吧
那主角後來怎樣了呢
暗忖着。遂因此分心了……
閉上眼依靠一分鐘的夜
順手將鋼琴上的康乃馨挪開
因它使她心痛

◎在愛荷華街頭閒逛，感覺美國，是瘂弦的最愛。（1966.9）

今夜或將有風，牆外有曼陀鈴
幽幽怨怨地一路彈過去——
一本書上曾經這樣寫過的吧
那主角後來怎樣了呢

暗忖著。遂因此分心了……
閉上眼依靠一分鐘的夜
順手將鋼琴上的康乃馨挪開
因它使她心痛

# 坤伶

十六歲她的名字便流落在城裏
一種淒然的韻律

那杏仁色的双臂應由宦官來守衛
小小的髻兒啊清朝人為她心碎
是玉堂春吧
（夜夜滿園子嗑瓜子兒的臉！）

◎那個年代情人之間流行互送照片。這是橋橋送給瘂弦的第一張小影。（1962，台北）

## 坤伶

十六歲她的名字便流落在城裡
一種淒然的韻律

那杏仁色的雙臂應由宦官來守衛
小小的髻兒啊清朝人為她心碎

是玉堂春吧
（夜夜滿園子嗑瓜子兒的臉！）

「苦啊〰」
雙手放在枷裏的她

有人說
在佳木斯曾跟一個白俄軍官混過
一種淒然的韻律
每個婦人詛咒她在每個城裏

◎何其芳詩：「沒有照過影子的小溪最清亮。」（1963，台北永和）

「苦啊……」
雙手放在枷裡的她
有人說
在佳木斯曾跟一個白俄軍官混過
一種淒然的韻律
每個婦人詛咒她在每個城裡

# 故某首長

鐘鳴七句時他的前額和崇高突然宣告崩潰
在由醫生那裏借來的夜中
在他悲哀而富貴的皮膚底下——
合唱終止。

## 故某首長

鐘鳴七句時他的前額和崇高突然宣告崩潰
在由醫生那裡借來的夜中
在他悲哀而富貴的皮膚底下——
合唱終止。

◎温哥華的鄰居們。（左起劇作家史華慈、退休警官維爾、橋橋、瘂弦、維爾的父親和女兒）（2001）

# C教授

到六月他的白色硬領仍將繼續支撐他底古典
每個早晨，以大戰前的姿態打着領結
然後是手杖、鼻煙壺，然後外出
穿過校園時依舊萌起早歲那種
成為一尊雕像的慾望

## C教授

到六月他的白色硬領仍將繼續支撐他底古典
每個早晨，以大戰前的姿態打著領結
然後是手杖、鼻烟壺，然後外出
穿過校園時依舊萌起早歲那種
成為一尊雕像的慾望

◎在大學教書的瘂弦，是學生眼中的「C教授」。(1977.10)

而吃菠菜是無用的
雲的那邊早經證實甚麼也沒有
當全部黑暗俯下身來搜查一盞燈
他說他有一個巨大的臉
在夜晚，以繁星組成

◎在西子灣壽山的山頂上，全家樂融融。（1984.3，吉廣輿攝）

而吃菠菜是無用的
雲的那邊早經證實什麼也沒有
當全部黑暗俯下身來搜查一盞燈
他說他有一個巨大的臉
在夜晚，以繁星組成

# 印度

馬額馬啊
用你的袈裟包裹着初生的嬰兒
用你的胸懷作他們暖暖的芳芳的搖籃
使那些嫩嫩的小手觸到你崢嶸的前額
以及你細草般莊嚴的鬍髭
讓他們在哭聲中呼喊着馬額馬啊
令他們擺脫那子宮般的黑暗，馬額馬啊

上◎：經過四十年喪亂，瘂弦的老家已成廢墟。（1991）
下◎：依照幼年記憶，瘂弦在原地把舊宅重建起來。（1992.8）

## 印度

馬額馬啊
用你的袈裟包裹著初生的嬰兒
用你的胸懷作他們暖暖的芬芳的搖籃
使那些嫩嫩的小手觸到你崢嶸的前額
以及你細草般莊嚴的鬍鬚
讓他們在哭聲中呼喊著馬額馬啊

令他們擺脫那子宮般的黑暗，馬額馬啊

以濕潤的頭髮昂向喜馬拉雅峰頂的晴空
看到那太陽像宇宙大腦的一點燐火
自孟加拉幽冷的海灣上升
看到伽藍鳥在寺院
看到火雞在女郎們汲水的井湄
讓他們用小手在襁褓中畫着馬額馬啊

馬額馬，讓他們像小白樺一般的長大
在他們美麗的眼睫下放上很多春天
給他們櫻草花，使他們嗅到鬱鬱的泥香
落下柿子自那柿子樹

◎收藏古董民藝品是瘂弦的癖好。其收藏哲學是：「有物宜玩，無志可喪」。(約1995)

以濕潤的頭髮昂向喜馬拉雅峰頂的晴空
看到那太陽像宇宙大腦的一點燐火
自孟加拉幽冷的海灣上升
看到伽藍鳥在寺院
看到火雞在女郎們汲水的井湄
讓他們用小手在襁褓中畫著馬額馬啊

馬額馬，讓他們像小白樺一般的長大
在他們美麗的眼睫下放上很多春天
給他們櫻草花，使他們嗅到鬱鬱的泥香
落下柿子自那柿子樹

落下蘋果自那蘋果樹
一如從你心中落下象多的祝福
讓他們在吠陀經上找到馬額馬啊

馬額馬啊，靜默自來了
讓他們到草原去，給他們神聖的鐃鈸
讓他們到暗室裏，給他們紡錘去紡織自己的衣裳
到象背上去，去奏那牧笛，奏你光輝的昔日
到倉房去，睡在麥子上感覺收穫的香味
到恒河去，去呼喚南風餵飽蝴蝶帆

◎背後這幾個大氣泡是莫斯科的招牌。(1993.8)

落下蘋果自那蘋果樹
一如從你心中落下眾多的祝福
讓他們在吠陀經上找到馬額馬啊

馬額馬啊，靜默日來了
讓他們到草原去，給他們神聖的饑餓
讓他們到暗室裡，給他們紡錘去紡織自己的衣裳
到象背上去，去奏那牧笛，奏你光輝的昔日

到倉房去，睡在麥子上感覺收穫的香味
到恆河去，去呼喚南風餵飽蝴蝶帆

馬額馬啊，靜默是你的
讓他們到遠方去，留下印度，靜默和你

夏天來了啊，馬額馬
你的袍影在菩提樹下遊戲
印度的太陽是你的大香爐
印度的草野是你的大蒲團
你心裏有很多梵，很多涅槃
很多曲調，很多聲響
讓他們在羅摩耶那的長卷中寫上馬額馬啊

◎如今的列寧格勒已經恢復了舊稱——彼德堡。這是對的，
誰也無權污染這座美麗的城市。(1993. 8)

馬額馬啊，靜默日是你的
讓他們到遠方去，留下印度，靜默日和你

夏天來了啊，馬額馬
你的袍影在菩提樹下遊戲
印度的太陽是你的大香爐
印度的草野是你的大蒲團
你心裡有很多梵，很多涅槃
很多曲調，很多聲響
讓他們在羅摩耶那的長卷中寫上馬額馬啊

楊柳們流了很多汁液，果子們亦已成熟
讓他們感覺到愛情，那小小的苦痛
馬額馬啊，以你的歌作姑娘們花嫁的面幕
藏起一對美麗的青杏，在綴滿金銀花的髮髻
並且圍起野火，行七步禮
當夜晚以檳榔塗她們的双唇
鳳仙花汁擦紅她們的足趾
以雪色乳汁沐浴她們花一般的身体
馬額馬啊，願你陪新娘坐在轎子裏

◎有人建議將圓明園重修，恢復舊觀，其實廢墟自有廢墟之美，留著歷史的傷痕，意義更為深遠。（約1992年）

楊柳們流了很多汁液，果子們亦已成熟
讓他們感覺到愛情，那小小的苦痛
馬額馬啊，以你的歌作姑娘們花嫁的面幕
藏起一對美麗的青杏，在綴滿金銀花的髮髻
並且圍起野火，行七步禮
當夜晚以檳榔塗她們的雙唇
鳳仙花汁擦紅她們的足趾
以雪色乳汁沐浴她們花一般的身體
馬額馬啊，願你陪新娘坐在轎子裡

衰老的年月你也要來啊，馬額馬
當那乘涼的響尾蛇在他們的墓碑旁
哭泣一支跌碎的蘆笛
白孔雀們都靜靜地夭亡了
恒河也將閃着古銅色的淚光
他們將像今春開過的花朵，今夏唱過的歌鳥
把嚴冬，化為一片可怕的寧靜
在圓寂中也思念着馬額馬啊

附記：印人稱甘地為馬額馬，意思是「印度
的大靈魂」。

◎瘂弦的母親蕭芳生女士留在世上唯一的一張遺照。（約1960）

衰老的年月你也要來啊，馬額馬
當那乘涼的響尾蛇在他們的墓碑旁
哭泣一支跌碎的魔笛
白孔雀們都靜靜地夭亡了
恆河也將閃著古銅色的淚光
他們將像今春開過的花朵，今夏唱過的歌鳥
把嚴冬，化為一片可怕的寧靜
在圓寂中也思念著馬額馬啊

附記：印人稱甘地爲馬額馬，意思是「印度的大靈魂」。

# 如歌的行板

溫柔之必要
肯定之必要
一點點酒和木樨花之必要
正正經經看一名女子走過之必要
君非海明威此一起碼認識之必要
歐戰，雨，加農砲，天氣與紅十字會之必要
散步之必要
溜狗之必要

薄荷茶之必要
每晚七點鐘自證券交易所彼端
草一般飄起來的謠言之必要。旋轉玻璃門
之必要。盤尼西林之必要。暗殺之必要。晚報之必要

## 如歌的行板

溫柔之必要
肯定之必要
一點點酒和木樨花之必要
正正經經看一名女子走過之必要
君非海明威此一起碼認識之必要
歐戰，雨，加農砲，天氣與紅十字會之必要

散步之必要
溜狗之必要
薄荷茶之必要
每晚七點鐘自證券交易所彼端
草一般飄起來的謠言之必要。旋轉玻璃門
之必要。盤尼西林之必要。暗殺之必要。晚報之必要

穿法蘭絨長褲之必要。馬票之必要
姑母遺產繼承之必要
陽臺，海，微笑之必要
懶洋洋之必要

而既被目為一條河總得繼續流下去的
世界老這樣總這樣：——
觀音在遠遠的山上
罌粟在罌粟的田裏

◎初到愛荷華，瘂弦住在一間小閣樓上，上課之餘，到處晃悠。(1966.9)

穿法蘭絨長褲之必要。馬票之必要
姑母遺產繼承之必要
陽台，海，微笑之必要
懶洋洋之必要

而既被目為一條河總得繼續流下去的
世界老這樣總這樣：——
觀音在遠遠的山上
罌粟在罌粟的田裡

# 赫魯雪夫

赫魯雪夫是從烟囪裏
爬出來的人物
在俄國，他的名字會使森林發抖
他常常騎在一柄掃帚上
嚇唬孩子和婦女
他常常穿過高爾基公園
在噴泉旁洗他的血手

◎在威斯康辛大學麥迪遜校園林肯雕像下，瘂弦穿著威大T恤，暫時拋開《幼獅文藝》繁重編務，重做學生。（1976.9）

## 赫魯雪夫

赫魯雪夫是從煙囪裡
爬出來的人物
在俄國，他的名字會使森林發抖
他常常騎在一柄掃帚上
嚇唬孩子和婦女
他常常穿過高爾基公園
在噴泉旁洗他的血手

但是上了年紀的爺們
都知道赫魯雪夫實在是個好人
雖然他擰熄所有教堂裏的燈
雖然他以嬰兒的脂肪擦靴子
雖然他用窮人的肋骨剔牙齒
但他的的確確是個好人

是的，赫魯雪夫，一個好人
他的襯衣被農奴們洗得
比古代彼德堡的雪還白
他大口喝着伏特加

他任意說着俏皮話
在夜晚他把克里姆林宮的鉄門紧閉
大概是不忍聽外面的哭泣
他如此有慈心
他是一個好人

但是上了年紀的爺們
都知道赫魯雪夫實在是個好人
雖然他擰熄所有教堂裡的燈
雖然他以嬰兒的脂肪擦靴子
雖然他用窮人的肋骨剔牙齒
但他的確確是個好人

是的，赫魯雪夫，一個好人

他的襯衣被農奴們洗得
比古代彼德堡的雪還白
他大口喝著伏特加
他任意說著俏皮話
在夜晚他把克里姆林宮的鐵門緊閉
大概是不忍聽外面的哭泣
他如此有慈心
他是一個好人

一個好人，是的，赫魯雪夫
他是患着嚴重的耳病
因此不得不借重秘密警察
他愛以鐵絲網管理人民
他愛以鮮血洗刷國家
除了順從以外
他從不過問小百姓的事情
他實實在在是一個好人

赫魯雪夫，好人，是的，好人
他扼緊捷克的咽喉
為的是幫助他們的國家呼吸

◎在溫哥華，到盈耳都是鳥聲的森林小河邊散步，是瘂弦每天早晨的主要功課。（約1998～1999）

一個好人，是的，赫魯雪夫
他是患著嚴重的耳病
因此不得不借重秘密警察
他愛以鐵絲網管理人民
他愛以鮮血洗刷國家
除了順從以外
他從不過問小百姓的事情
他實實在在是一個好人

赫魯雪夫，好人，是的，好人
他扼緊捷克的咽喉
為的是幫助他們的國家呼吸

他以刺刀和波蘭握手
又用坦克
耕耘匈牙利的土地
他的的確確是個好人

沒有人把他趕出莫斯科
沒有人把他趕出陰冷的紅場
所以喬治亞人永遠啃黑麵包
所以高加索人永遠戴枷鎖
所以烏克蘭人永遠流血……
就因為他們有了像赫魯雪夫那樣
那樣好的好人

◎從台北搬到溫哥華，瘂弦的家還是充滿台灣氣息。（約1998）

他以刺刀和波蘭握手
又用坦克
耕耘匈牙利的土地
他的的確確是個好人

沒有人把他趕出莫斯科
沒有人把他趕出陰冷的紅場
所以喬治亞人永遠啃黑麵包
所以高加索人永遠戴枷鎖
所以烏克蘭人永遠流血……
就因為他們有了像赫魯雪夫那樣
那樣好的好人

# 水手·羅曼斯

這兒是泥土，我們站着，這兒是泥土
用法蘭西鞋把春天狠狠地踩着

從火奴魯魯來的蔬菜枯萎了
巴士海峽的貿易風轉向了
今天晚上我們可要戀愛了
就是耶穌那老頭子也沒話可說了

◎漢寶德、蕭中行、何懷碩、董陽孜、瘂弦、張橋橋、三對夫婦秀姑巒溪泛舟樂。(約1980)

## 水手·羅曼斯

這兒是泥土,我們站著,這兒是泥土
用法蘭西鞋把春天狠狠地踩著

從火奴魯魯來的蔬菜枯萎了
巴士海峽的貿易風轉向了
今天晚上我們可要戀愛了
就是耶穌那老頭子也沒話可說了

我們的鹹鬍子
我們刺青龍的胸膛
今天晚上可要戀愛了
就是耶穌那老頭子也沒話可說了

船長盜賣了我們很多春天

把城市的每條街道注滿啤酒
用古怪的口哨的帶子
綑住羞怯的小鴿子們的翅膀
在一些骯髒的巷子裏
——就是這麼一種哲學

◎瘂弦在話劇〈國父傳〉中飾演孫中山先生。此劇在台公演七十餘場，廣受好評。（1965. 9）

我們的鹹鬍子
我們刺青龍的胸膛
今天晚上可要戀愛了
就是耶穌那老頭子也沒話可說了

船長盜賣了我們很多春天

把城市的每條街道注滿啤酒
用古怪的口哨的帶子
綑住羞怯的小鴿子們的翅膀
在一些骯髒的巷子裡
——就是這麼一種哲學

把所有的布匹燒掉
把木工、鍛鐵匠、油漆匠趕走
（凡一切可能製造船的東西！）
並且找一雙塗蔻丹的指甲
把船長航海的心殺死
——就是這麼一種哲學

船長盜竊了我們很多春天

快快狂飲這些愛情
像雄牛那樣
如果在過去 那些失去泥土的夜晚
：——

◎話劇〈國父傳〉劇照。中山先生倫敦蒙難脫險後，對英國新聞界與群眾發表談話。(1965. 9)

把所有的布匹燒掉
把木工、鍛鐵匠、油漆匠趕走
（凡一切可能製造船的東西！）
並且找一雙塗蔻丹的指甲
把船長航海的心殺死
——就是這麼一種哲學

船長盜賣了我們很多春天

快快狂飲這些愛情
像雄牛那樣
如果在過去那些失去泥土的夜晚

我們一定會仅夠這些愛情
像雄牛那樣

女人這植物
就是種在甲板上也生不出芽來
而這兒是泥土，這兒出產她們，這兒是泥土
女人這植物

船長盜賣了我們很多春天

用法蘭西鞋把春天狠狠地踩着
我們站着，這兒是泥土，我們站着

◎大女兒景苹（乳名小米）滿月。（1971）

◎爸爸揹著小娃娃。（約1972）

我們一定會反芻這些愛情
像雄牛那樣

女人這植物
就是種在甲板上也生不出芽來
而這兒是泥土，這兒出產她們，這兒是泥土
女人這植物

船長盜賣了我們很多春天

用法蘭西鞋把春天狠狠地踩著
我們站著，這兒是泥土，我們站著

# 巴黎

奈帶奈藹，關於牀我將對你說甚麼呢？

——A．紀德

你唇間輕輕的絲絨鞋
踐踏過我的眼睛。在黃昏，黃昏六點鐘
當一顆殞星把我擊昏，巴黎便進入
一個猥瑣的屬於牀第的年代

在晚報與星空之間
有人濺血在草上

在屋頂與露水之間
迷迭香於子宮中開放
你是一個谷
你是一朵看起來很好的山花
你是一枚餡餅，顫抖於病鼠色

# 巴黎

奈帶奈藹，關於床我將對你說什麼呢？
——A・紀德

你唇間軟軟的絲絨鞋
踐踏過我的眼睛。在黃昏，黃昏六點鐘
當一顆殞星把我擊昏，巴黎便進入
一個猥瑣的屬於床笫的年代

在晚報與星空之間
有人濺血在草上
在屋頂與露水之間
迷迭香於子宮中開放

你是一個谷
你是一朵看起來很好的山花
你是一枚餡餅，顫抖於病鼠色

胆小而窸窣的偷嚼間
一莖草能負載多少真理？上帝
當眼睛習慣於午夜的罌粟
以及鞋底的絲質的天空；當血管如兔絲子
從你膝間向南方纏繞

去年的雪可曾記得那些粗暴的腳印？上帝
當一個嬰兒用渺茫的淒啼詛咒臍帶
當明年他蒙着臉穿過聖母院
向那並不給他甚麼的，猥瑣的，床第的年代

◎那麼病弱的身體，居然生了個胖娃娃。親友都誇說「橋橋真偉大」。（約1972）

膽小而窸窣的偷嚼間

一莖草能負載多少真理？上帝
當眼睛習慣於午夜的罌粟
以及鞋底的絲質的天空；當血管如兔絲子
從你膝間向南方纏繞

去年的雪可曾記得那些粗暴的腳印？上帝
當一個嬰兒用渺茫的淒啼詛咒臍帶
當明年他蒙著臉穿過聖母院
向那並不給他什麼的，猥瑣的，床笫的年代

你是一條河
你是一莖草
你是任何腳印都不記得的，去年的雪
你是芳芳，芳芳的鞋子

在塞納河與推理之間
誰在選擇死亡
在絕望與巴黎之間
唯鐵塔支持天堂

◎瘂弦與景苹。父女兩人逛街，神情那麼專注，不知在看什麼熱鬧。（1979）

你是一條河
你是一莖草
你是任何腳印都不記得的，去年的雪
你是芬芳，芬芳的鞋子

在塞納河與推理之間
誰在選擇死亡
在絕望與巴黎之間
唯鐵塔支持天堂

# 倫敦

我是如此厭倦猛烈的女人們了，
跳着一定要被人所愛，
當無絲毫的愛在他們心中」。
——D．勞倫斯

弗琴尼亞啊
在夜晚，在西敏寺的後邊

◎眷村生活苦哈哈，但小倆口小日子過得有滋有味。（1965.7）

## 倫敦

我是如此厭倦猛烈的女人們了，
跳著一定要被人所愛，
當無絲毫的愛在他們心中。
——D·勞倫斯

弗琴尼亞啊
在夜晚，在西敏寺的後邊

當灰鴿們剝啄那口裂鐘
我乃被你兇殘的溫柔驚醒

想這時費茲洛方場上
一盞煤氣燈正忍受黑夜
乞丐在廊下，星星在天外
菊在窗口，劍在古代

我的弗琴尼亞是在床上
咀嚼一個人的影子

◎到康橋找徐志摩。（1968）

當灰鴿們剝啄那口裂鐘
我乃被你兇殘的溫柔驚醒

想這時費茲洛方場上
一盞煤氣燈正忍受黑夜
乞丐在廊下，星星在天外
菊在窗口，劍在古代

我的弗琴尼亞是在床上
咀嚼一個人的鬍子

當手鐲碎落，棒木呻吟
蓆褥間有着小小的地震

你的髮是非洲剛果地方
一條可怖的支流
你的臂有一種磁場般的執拗
你的眼如腐葉，你的血沒有衣裳

而當跣足的耶穌穿過濃霧
去與當他唯一的血袍

◎到俄國找普希金。（1993.8）

當手鐲碎落，楠木呻吟
蓆褥間有著小小的地震

你的髮是非洲剛果地方
一條可怖的支流
你的臂有一種磁場般的執拗
你的眼如腐葉，你的血沒有衣裳

而當跣足的耶穌穿過濃霧
去典當他唯一的血袍

我再也抓不緊別的東西
除了你茶色的雙乳

這是夜，在泰晤士河下游
你唇間的刺蘼花猶埋怨於胆怯的採摘
乞丐在廊下，星星在天外
蘭在窗口，劍在古代

弗琴尼亞啊，六點以前我們將死去
當整個倫敦在假髮下
等待黑奴的食盤
用辨士播種也可以收穫麥子

◎兩岸開放，瘂弦回到睽違四十二年的故鄉，找到了童年的玩伴。（1991）

我再也抓不緊別的東西
除了你茶色的雙乳

這是夜，在泰晤士河下游
你唇間的刺蘼花猶埋怨於膽怯的採摘
乞丐在廊下，星星在天外
菊在窗口，劍在古代

弗琴尼亞啊，六點以前我們將死去
當整個倫敦在假髮下
等待黑奴的食盤
用辨士播種也可以收穫麥子

# 芝加哥

鐵肩的都市
他們告訴我你是淫邪的
——C．桑德堡

在芝加哥我們將用按鈕戀愛，乘機器鳥踏青
自廣告牌上採雛菊，在鐵路橋下
鋪設淒涼的文化

◎芝加哥密歇根湖畔。（1966）

## 芝加哥

鐵肩的都市
他們告訴我你是淫邪的
——C・桑德堡

在芝加哥我們將用按鈕戀愛，乘機器鳥踏青
自廣告牌上採雛菊，在鐵路橋下
鋪設淒涼的文化

從七號街往南
我知道有一則方程式藏在你髮間
出租汽車捕獲上帝的星光
張開雙臂呼吸數學的芬芳

當秋天所有的美麗被電解
煤油與你的放蕩緊緊膠着
我的心遂還原為
鼓風爐中的 一支哀歌

◎愛荷華大學國際作家工作坊上課一景。（1966）

從七號街往南
我知道有一則方程式藏在你髮間
出租汽車捕獲上帝的星光
張開雙臂呼吸數學的芬芳

當秋天所有的美麗被電解
煤油與你的放蕩緊緊膠著
我的心遂還原為
鼓風爐中的一支哀歌

有時候在黃昏
胆小的天使撲翅逡巡
但他們的嫩手終為電纜折斷
在烟囪與烟囪之間

猶在中國的芙蓉花外
獨個兒吹着口哨，打着領帶
一邊想在我的老家鄉
該有隻狐立在草坡上

於是那夜你便是我的

◎與美國詩人安格爾、小說家聶華苓合影。（1966. 9）

有時候在黃昏
膽小的天使撲翅逡巡
但他們的嫩手終為電纜折斷
在煙囪與煙囪之間

猶在中國的芙蓉花外
獨個兒吹著口哨，打著領帶
一邊想在我的老家鄉
該有隻狐立在草坡上

於是那夜你便是我的

恰如一隻昏眩於煤屑中的蝴蝶
是的，在芝加哥
唯蝴蝶不是鋼鐵

而當汽笛響着狼狽的腔兒
在公園的人造松下
是誰的綠絨披肩
拯救了這粗糙的，不識字的城市……

在芝加哥我們將用按鈕寫詩，乘機器鳥看雲
自廣告牌上刈燕麥，但要想鋪設可笑的文化
那得到淒涼的鐵路橋下

◎〈國父傳〉公演。在後台與導演王慰誠（右二）黃家燕（左一）蔣紹成（右一）張橋橋（左二）及專程自英國趕來觀劇的國父老師康德黎之子合影。（1965）

恰如一隻昏眩於煤屑中的蝴蝶
是的，在芝加哥
唯蝴蝶不是鋼鐵

而當汽笛響著狼狽的腔兒
在公園的人造松下
是誰的絲絨披肩
拯救了這粗糙的，不識字的城市……

在芝加哥我們將用按鈕寫詩，乘機器鳥看雲
自廣告牌上刈燕麥，但要想鋪設可笑的文化
那得到淒涼的鐵路橋下

上◎聯副舉辦「四十年文學會議」，瘂弦與出席作家小思（右二）、劉再復（右三）、黃繼持（右五）等合影。（1993）

左◎聯副同仁前往台中東海花園訪問楊逵，與楊老一起跑步練身，左起彭碧玉、黃武忠、楊逵、丘彥明、瘂弦、楊樹清。（1980.10）

右◎前排左起張默、瘂弦、向明、周夢蝶。後排左起碧果、管管。（約1993）

下◎左起瘂弦、李銳、劉國瑞、劉心武，後排左起趙衛民、蘇偉貞。（約1994）

# 瘂弦談朗誦

# 朗誦美學：中國文學中的音樂特質

## ——從古代民謠、詩詞、戲曲的歷史發展談現代朗誦美學的建構

◎瘂弦

論者常謂，世界上凡是優秀的文字或文學，必定含有豐富的音樂素質，中文，便是飽含音感的文字：中國文學，便是洋溢樂韻的文學。這種獨特的音樂性格，一如民族的血脈源遠流長，它貫穿了歷朝各代，孕育出無數節奏和諧、韻律優美的文學作品，除了供人作平面的閱覽，也通過誦讀、吟唱、劇場呈現等方式，創造出另一種視聽文化。一部中國文學史，就是一部聲音與形象的演出史。

先從歌謠說起。歌謠是最早的文學，它是伴隨先民勞動的生活形態發展出來的。中國遠在殷商時代，民間的謠諺就已經出現，只是留下的文獻不多，這可能是受到甲骨文刻製條件的限制，在那一片片狹小的龜甲或獸骨上，每每只見被當時的人認為重要的文告或卜辭，鮮少歌謠活動的痕跡。民歌的大量湧現並得到保存及文學加工，是在西周以後，詩經

上◎瘂弦（右二）、張永祥（右三）、許達然（左一）、司馬中原（左二）等榮獲第一屆青年文藝獎。救國團主任蔣經國(左三）頒獎。（1965.3）

右◎瘂弦與國學大師錢穆夫婦合影。（1988）

上◎瘂弦與前輩詩人紀弦合影。（1960年代）

上◎右起張默、瘂弦、鄭愁予、章斌。（約1958）

右◎瘂弦（左一）與林泠（中）、黃用（左一）合影。（1967.8，美國愛荷華城）

中的「國風」和「小雅」，是官方為「觀風俗，知得失」所收集來的「里巷歌謠之作」。戰國末期的屈原，他的作品與「楚聲」（楚國的音樂）關係密切，其代表作〈九歌〉便是根據民間的祭典歌樂修訂改寫而成。司馬遷的《史記》，雖屬傳記文學的散文領域，但他筆下的人物「如聞其聲」，對民間日常口語音樂性的掌握尤見功力，而一些民謠、俚語的引用，更使他的文章充滿活力。

兩漢的樂府民歌，純真、自然、樸實，與當時流行的人工靡麗的辭賦，形成強烈的對照，並產生一種制衡、互補的作用，使文風不致太過駢偶化，避免陷入形式主義的泥沼。樂府，最初專指官方收集民歌加配曲調的官署機構，後來將所採得的成品也稱作樂府，這些代表民間之聲的民歌，多係「感於哀樂，緣事而發」，感情真摯，語言曉暢，具有抒情、敘事和詠史的多重特色；不管是「敘離別悲傷之懷」，或「言征戰行役之苦」，都充滿了受難百姓的血淚吶喊，具有深刻的現實意義，中國詩歌寫實精神與浪漫精神相結合的寫作風格，也因樂府而定音，而它那充滿人間性和生活性的語言形式，對後來的建安文學和唐代詩歌，更產生了很大的導引作用。

接著是文人五言詩的興起，其源頭可追溯到民間的五言歌謠，它在形式和節奏上比較靈活自由，不像四言體那麼板直單調、缺少變化，也比騷體（屈原）工整簡飭；而它更大的優點是容易上口，便於背誦記憶。靠著這些特點，使得它廣受文人喜愛，很快的由「街陌謠謳」變成文壇創作的主流，連早時一般文士所編輯的通俗韻語，幼童啟蒙教育階段的認字口訣，後來都成為詩人們摹仿的對象。

魏晉南北朝以後，詩歌與音樂的關係仍然如影隨形，〈孔雀東南飛〉係由民間輾轉傳寫而成，帶有集體創作的意味，也許是因為音樂宣敘形式和民歌鋪陳手法等特色，樂府詩集將它列入「雜曲歌辭」卷內，這是把它當作民歌中的長篇作品來看待的。與〈孔雀東南飛〉相媲美的有〈木蘭詩〉，也是一篇敘事文學的傑作，全詩共六十二行，初成於北魏，雖經隋唐文人的藝術加工，但仍不失民歌樸厚的氣息。詩的一開始便是是機杼聲音的描繪，很像一首協奏曲的展開部分，當唧唧的織布聲戛然而止，緊接著傳來木蘭低低的嘆息，再藉一段戲劇對話，帶出故事的梗概和人物的處境，等到張力形成，更多的聲音意象，以對比的方式呈現，從「旦辭爺娘去，暮宿黃河邊。不聞爺娘喚女聲，但聞黃河流水鳴濺濺。」到「旦辭黃河去，暮至黑山頭。不聞爺娘喚女聲，但聞燕山胡騎鳴啾啾。」疊字的使用，增加了聲音感染力，充份收到反覆詠嘆之效，顯示出民歌的音樂魅力。從《詩經》以降，像這樣的韻律設計和句式結構，便被普遍的使用著，〈木蘭詩〉將這種一唱三嘆、迴環跌宕的音律聲情，發揮到了頂點。涵詠此詩，盈耳都是爺娘喚兒、黃河咆哮、鐵騎嘶鳴的交疊，像一組組生動的音畫，把這篇英雄主義精神的傳奇故事，賦予了「神理氣味，格律聲色」（姚鼐語），讓人在字句玩索之外，興起一種吟誦的慾望。

南北朝時代的南方民歌，有所謂「吳聲」和「西曲」的類別，現存的大部分輯入樂府詩集「清商曲辭」卷中，內容原是一些鄉野情歌（少數含有色情的成分），經專司官署採集下來製譜入樂，天籟加上人工，免不了帶有一些文人和樂工們改寫增飾的痕跡，不過大致上還維持民歌純樸的色澤。不同於南方民歌的浪漫情色，北方民歌的基調則是悲壯蒼涼、野放粗獷的，內容在戰歌、牧曲之外，也有塞外風光大刀闊斧的速寫：「敕勒川，陰山下。天似穹廬，籠蓋四野，天蒼蒼，野茫茫，風吹草低見牛羊。」這樣的詞意，即使不藉著歌調的謳唱，只要看一看文字，也會感受到一種大畫卷的遼闊和交響樂的雄渾。北歌有些是當時居於關外的漢人所撰，有些是草原少數民族的原始民歌，後經譯為漢語保存下來的。魏太文帝南北統一之後，胡漢間的交流頻繁，被稱為「邊塞樂府」的北歌，傳唱的活動更為興盛。可惜當時沒有像今日這樣科學的記譜工具，目前僅存歌詞，至於如何唱誦，則無人知曉了。

唐代的民間文學與音樂有直接關係的，以曲子詞和變文為代表。曲子詞是代代相傳、家喻戶曉的鄉土歌謠，普遍受到基層大眾的喜愛，作品和演唱的體制大多失傳，留下的史料不多。變文帶有故事性，為說唱形式，類似今日的講古或說書，它最初是針對佛教教義所編製的通俗宣講

上◎瘂弦與前輩作家梁實秋夫婦（前排中）、高信疆、柯元馨夫婦（後排左一、左二）、何懷碩、董陽孜夫婦（後排左三、右二）合影。（約1979）

左◎瘂弦夫婦與鄭清茂。（約1978）

上◎瘂弦與台灣前輩作家（由左至右）黃得時、廖漢臣、龍瑛宗、郭水潭、王昶雄合影。（1978）

左◎瘂弦夫婦（左一、二）與梁實秋夫婦（左三、四）、朱白水（右二）、蔡文甫（右一）合影。（1979）

右◎瘂弦（右）、余玉照（左一）與香港作家楊明顯（右二）、金兆（右三）合影。（1979）

（又稱「俗講」），由僧侶連說帶唱地表演給群眾看，後來逐漸專業化，演唱者改由一般的倡優之輩擔任，故事題旨則並不限於佛理範圍，娛樂的目的超過道德教訓的目的了。變文被認為是中國說唱文學的先聲，後來出現的彈詞、鼓書、唱本等曲藝形式，很大程度是受了變文的影響。此外，變文對於詞的誕生、小說的出現，也有間接的催生作用。

詞，又稱為「詩餘」，這個「餘」字，是否含有貶抑的意味，沒有看到過這方面的研究，尚有待查考。其實詞就是詩、廣義的詩，它是詩的另一種「新聲」罷了。這種從唐初就出現的長短句歌調，原本是鄉野閭巷的產物，隨著商業的繁榮、人口的集中、市民階級的形成，詞漸漸走入都市，變成歌臺舞榭、秦樓楚館的最愛，題材內容也從原來的樸實健康，轉變成以娛樂為取向的靡靡之音，演唱者則被一些倡優歌伎替代。這樣的改變，自然不會受到文壇重視，遲至中唐以後，才漸獲文人青睞，經過張志和、韋應物、白居易等人的提倡，填詞的風氣才開始興盛，體制格律也趨於嚴謹，逐漸醞釀出一種新的文學體裁來。發展到宋代，儼然成為文壇主流，可以與詩分庭抗禮了。宋朝是詞的黃金時代，最盛的時候，號稱上自帝王公卿，下至庶民百姓，都是詞的喜愛者、填製者。文學史記載，當時的詞牌多達八百七十餘個，有名的詞家逾兩百人，最傑出的詞家如蘇東坡、周邦彥、柳永、李清照、辛棄疾等，他們的作品，創造了中國文學前所未有的、全新的格律意識和聽覺經驗，在內容上也一掃一般人認為詞屬艷科小道的傳統印象，特別到了蘇東坡手裡，詞文學「一洗綺羅香澤之態，擺脫綢繆宛轉之度」（胡寅對蘇軾的讚語），成為可抒情、可詠史、恢宏博大、文道兼具的大章法、大文類了。

詞是典型的音樂的文學，文學的音樂，它的風行，說明文學與音樂相互熔鑄後所產生的魅力，絕非單一文學或單一音樂能達到那樣的藝術效果。詞長短不齊的句式，比詩更婉轉多姿，富於變化。它是先有樂譜然後照譜填詞的，不同的詞句不但可以為固定的樂譜帶來新的生氣，也給演唱者更多即興發揮的空間。劉禹錫說「踏曲興無窮，調同詞不同」，借別人的調子，唱自己的生活，這對於當時的人來說，的確是一種全新的經驗。

不過在一些詞家文學獨立的觀念裡，詞並不一定要做音樂的附庸，依聲填詞只不過是借題發揮，不必拘泥於格律，詞人們對文詞的關心，有時還遠大於對音樂的關心，並非單單為了吟唱才去創作的。譬如蘇軾的作品就不大受詞牌音律的束縛，而有自己的開闔變化，他的這種不泥於法，曾被當時以正統自居者的文人譏笑，說他不諳音律，其實蘇軾大部分的詞，基本上都是可以入樂的，他本人也是一位唱家，論者說他的〈念奴嬌〉宜由關西大漢手持銅琶鐵板朗聲高唱，那個關西漢子，說不定就是作者自己的形象。陸放翁說：「世言東坡不能歌……則公非不能歌，但豪放不喜剪裁以就聲律耳。」這個「不喜剪裁以就聲律」的瀟灑派頭，就是文學立場的堅持。文學家是文學家，畢竟不是歌手；文學與音樂的結合，有時固然要密切無間，有時也不妨故意若即若離一點，其間的分寸拿捏，唯大家始能準確掌握也。

詞之外，宋元的鄉土謠諺也很發達，有些是亂世民間的怨聲，所反映的生活，廣闊而深刻，充滿一種現實批判的精神；有些是童謠的體裁，雖有天籟般的童言童語，卻也帶出幾分現實的荒涼。民間歌謠之外，「話本」是宋元時代出現的民間文學新品種，可以稱之為那個時代的白話小說。話本由「說話」蛻變而來，通常是以口頭傳播的形式，在「瓦肆」和「勾欄」中表演，它最活躍的地方，多在通都大邑，由於人口集中、觀眾較多，「說話人」（表演者）可以藉收「戲份」（報酬）維持生活。依現今的眼光來看，這些「靠嘴皮子吃飯」的人，都應該是表演藝術家、舌耕的天才，但他們並不像今日的鼓書、相聲演員那麼受到社會的重視，而被歸入倡優一類，插科打諢、逗人笑樂而已。插科打諢，簡稱「科諢」，科，指滑稽動作；諢，指滑稽語言，也就是現代戲劇所講的姿態表情和聲音表情。中國是一個文盲多的國家，一般不識字的人，就從這些趣味化的表演中，得到身心的娛樂，而一些人生教誨和歷史知識，也藉此得以傳輸。話本由於故事性特強，演化到最後，就顯出了小說的雛形。一段故事，在流傳的過程中，經過眾人的增添、強化，漸漸有了敘

上◎左起瘂弦、胡茵夢、張錯。（1978）
左上◎左起劉紹唐、瘂弦。（1978）
左◎周夢蝶在瘂弦家。（1978）

右◎（由左至右）楊牧、非馬、瘂弦、張錯、黃用在瘂弦家餐聚。（1978）
右下◎夏志清（左一）、殷張蘭熙（左二）、瘂弦、劉紹唐。（約1980）
下◎瘂弦與日本詩人田村隆一（左一）在美國愛荷華大學作家工作室。（1966）

事文學的規模，最後再由文學家集其大成，一部正式的小說作品就誕生了。著名的章回小說《三國演義》、《水滸傳》、《西遊記》等名著，都是從這樣的模式下發展出來的。由於話本的影響，開了傳統小說以生活口語為主要書寫工具的先河，那些生活語言優美的節奏和音律，活躍在小說裡，為時代錄音繪像，而使千百年來「文言在朝、白話在野」的陳規，也因之起了重大的變化。

中國戲曲源自巫風，從祭祀的音樂舞蹈萌芽，到「職業演員」（優孟等）的出現，中間經過一段很長的演化期，當獻祭神明變成「神人共樂」，娛人的意義大於娛神的意義，作為戲劇需要的條件也就逐漸成熟，而角觝戲、參軍戲、代面、踏搖娘、撥頭等歌舞形式的出現。也都增添了一些戲劇的構成因素。不過中國戲劇的正式誕生，應該是宋以後的事。從《東京夢華錄》上的記載看，宋朝的汴梁已經相當繁榮，它不但是政治的中心，也是文化和經濟的中心。文化和經濟是戲劇發展的兩大條件，市民階層永遠是劇場活動的最大支持者，音樂、雜耍技藝加上故事情節的陳述，再加上劇作家的腳本編寫，戲劇的體制於焉大備。

在過去，戲劇和戲曲的界限是模糊的，在中國古代，戲曲是戲劇的一個別稱，或者說，戲曲是建構戲劇的基礎材料，這樣的關係，從宋元明清一路下來幾乎沒有改變過。熟悉中國戲劇歷史發展，會發現一個規律，那便是，任何一個劇種，都是來自各種民間音樂的集成，在舞蹈方面亦復如此，音樂語彙加上舞蹈語彙，變成齊如山所說的「無聲不歌、無動不舞」表演方法重要的發展基礎，又因為歌與舞是抽象性最大的藝術，中國傳統劇場的寫意（象徵）風格，也因這樣的藝術特質而塑造完成，有別於古希臘的戲劇和英國莎士比亞劇場，成為世界戲劇史上的一個特例。

綜觀中國古典文學，無論詩歌、散文、小說、戲劇，莫不由民間歌謠或說唱形式發展而來，也莫不含有濃厚的音樂特質，由於這樣的屬性，欣賞傳統文學，除了平面的閱讀，最好也要通過聲音的體會，或朗誦，或吟唱，或演出，始能充份領略、玩味出其中的音律之美，而中國文學史上每一部傑出的作品，也都經得起聲音的考驗，而它們的作者，特別是詩人詞家或戲曲作家，都同時是一位聲律的專家。文學史上的例子很多：李白五歲能「誦六甲」，青年時代漫遊峨嵋，最愛對著秋山冷月，高誦自己得意的詩句；杜甫曾與李白同遊大梁，二人「醉舞梁園夜，行歌泗水春」，竟日唱和，行止瀟灑；柳永，「偎紅依翠」、「淺斟低唱」，羈旅行役而猶不廢歌吟；戲曲家關漢卿則除了能編劇，而且「躬踐排場，面敷粉墨，以為我家生活，偶倡優而不辭」（臧懋循「元曲選」序），這種對「文學演出」的耽愛，早已形成一個特殊的傳統。

在過去的年代，詩詞吟唱和文章誦讀是文人的基本功，人人嫻熟，為不可或缺的文化生活。這種通過聲音、形象來感覺文學的癖好，早已變成社會普遍的風氣，不只是文人作家，連一般人閱讀、私塾學童背書也是如此，都作興要朗聲唸誦出來，雖因方言關係各地區有各地區不同的調子，但異中有同，總的來說，都涵泳在同一個音樂語彙的大氛圍之中。

如果作更遠的上溯，中國早在周代，便有一種唸書制樂的方式，稱之為諷誦。諷，就是先將一段書的內容背下來；誦，就是賦予美聲表達。當時的大樂正便是這種「樂語」的傳習人，通過講授、示範，以達到正音的效果。春秋時代的孔子，曾把語言的研習列為四科之一，即所謂「春秋觀志、諷誦舊章」，朗讀、吟誦的藝術，是孔門弟子的必修課程，也是考察一個文士有無文化教養的重要標準。魏晉時代的建安文人，特別重視吟哦誦唱，曹操赤壁之戰陣前橫槊賦詩，雖是小說家筆下的演義，但也可據此想像三國時代人們在集會、飲讌上誦詩的盛行。史書上說，多才多藝的曹操「好音樂、倡優在側，常以日達夕」（《三國志．武帝紀》，曹瞞傳），他自己的詩作，「被之管弦，皆成樂章」。作為以三曹為中心文人集團代表的曹丕，他在〈典論：論文〉中也把音樂和文章相比擬，這篇文章被稱為中國文學史上的第一篇文學批評，對後來作家們音樂意識的建立，產生了很大的啟發作

左◎痖弦、洛夫、瓊芳、橋橋。（1980）
右◎痖弦（中）、高行健（左一）、劉再復（右一）。（1993）
下◎左起楊牧、洛夫、小蘭、錢海倫、痖弦、張默。（約1950）

右◎作家無名氏（卜乃夫）（二排左二）與創世紀同仁歡送痖弦赴加拿大定居。（1998）
下排◎左起管管（1975）、商禽（1974）、許璧瑞（1999）與痖弦合影。

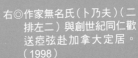

用。宋代的「致語」，也是在大庭廣眾或飲讌場合進行的一種詩文朗誦活動，當時在知識社會十分流行。致語的內容，多是一些祝賀的詞句，散文韻文都有，擔任表演的人，則是依附文苑精於聲律的朗誦家，或舉辦宴會的主人自己。

中國文學史上，歷代討論聲律的文字甚多，這裡特別抄錄幾段，或可作為建構現代朗誦美學基礎理論的參考。陸機在〈文賦〉中說：「方天機之駿利，夫何紛而不理？思風發於胸臆，言泉流於唇齒，紛葳蕤以馺遝，唯毫素之所擬，文徽徽以溢目，音泠泠而盈耳。」簡單幾句話，把詩文中聲與情的關係，闡釋得非常清楚，文章要聲暢情達，才是可讀可誦的佳作。劉勰在《文心雕龍》中也說：「言語者，文章神明，樞機吐納，律呂唇吻而已……外聽之易，絃以手定；內聽之難，聲與心紛。可以數求，難以辭逐。凡聲有飛沉，響有雙疊……並轆轤交往，逆鱗相比；迂其際會，則往蹇來連，其為疾病，亦文家之吃也……將欲解結，務在剛斷，左礙而尋右，末滯而討前，則辭轉於吻，玲玲如振玉；辭靡於耳，纍纍如貫珠矣。」（聲律篇）這段話充份闡明了聲律的奧秘，香港學者陳耀南認為它體大思精，識鑒周圓，可以作為創造文章語言音樂的重要法門。桐城古文大家劉大櫆也有關於這方面的慧見，他在〈論文偶記〉中說：「凡行文字句短長，抑揚高下，無一定之律，而有一定之妙；可以意會，不可以言傳。學者求神氣而得之音節，求音節而得之字句，思過半矣。其要只在讀古人文字時，設以此身代古人說話，一吞一吐，皆由彼而不由我，煉熟後，我之神氣即古人之神氣，古人之音節，都在我喉吻間；合我喉吻者，便是與古人神氣音節相似處，自然鏗鏘發金石。」「合我喉吻者」、「自然鏗鏘發金石」，一語道破朗誦三昧，值得現代朗誦者細加體會，以為遵循。

中國現代作家不重視文學中的音樂條件，是五四新文化運動貶抑傳統舊文化所帶來的誤導，其間所造成的斷層現象，要到三、四〇年代，才有所鍛接。北京大學《歌謠周刊》學者群所進行的民歌收集活動，劉半農的以方言歌謠改為白話詩，朱自清、聞一多提倡新詩新格律與新詩朗誦、田漢的現代新歌劇創作實驗、李季以俗文學的語言形式寫〈王貴與李香香〉等長篇敘事詩……都代表新文學革命打倒舊學導致矯枉過正後，文人們的覺悟與修正。然而經五四的這番破壞，中國廣大地區學童們琅琅的書聲再也聽不見了，一些時髦人士，早已把背誦吟唱的好習慣棄之若敝屣，認為那是拿腔作調、搖頭擺尾的老骨董，是思想還留著辮子的人的一種無聊的懷舊，誤認為所謂白話文就是說啥寫啥、怎麼說就怎麼寫，什麼音節氣韻、聲入心通，全都不合時宜了。

白話文學詩文朗誦的提倡，是抗戰時開始的，當時為了抗日救亡宣傳，朗誦詩和話劇，是知識青年最熱愛的文藝活動形式。在各大學校園中，朗誦詩一度十分蓬勃，不但有擅長朗誦的專業朗誦演員，還有專寫朗誦詩的詩人，高蘭便是其中的佼佼者，他的朗誦作品〈哭亡女蘇菲〉，轟動當時，而艾青的〈火把〉、田間的〈她也要殺人〉，是最常出現在朗誦會上的誦材。朱自清、李廣田、臧克家、李長之、徐遲，都寫了提倡詩文朗誦的論文，而洪深所寫《詩的朗誦和劇的唸白》，則是偏重戲劇表演方法指導的專著。但不可否認的，一直到目前，現代文學的朗誦還是一門年輕的藝術，還沒建立起系統理論，如果建構中國現代的朗誦美學，回顧是必要的，我們有太多朗誦文學的遺產，值得繼承、重鑄、再造，從而煥發出新的精神。朱自清在一篇〈論朗讀〉的文章中，提到新月詩人朱湘的一件軼事，頗能發人深省。民國十五年，朱湘為提倡新詩朗誦，特別成立了一個讀詩會，做過很多詩歌朗誦的嘗試。朱自清說他曾聽過朱湘朗誦自己的詩〈采蓮曲〉，用的是「誦」的方式，也就是舊戲中的一種「韻白」。朱自清事後評論說：「〈采蓮曲〉本近於歌，似乎是詞和小調的混合物，腔調是很輕快的。『韻白』雖然也輕快，可是滲透一種滑稽味……聽起來不順耳似的。」從這幾句話的口氣可以感覺出，朱自清對他這位老朋友的朗誦好像不大滿意。我想不管順耳不順耳，朱湘的嘗試是好的，具有創新意義的。今天我們要為現代中國的朗誦美學勾繪藍圖，參考一下朱湘早年畫下的這幾筆簡單線條，該不會被人解釋成歷史的倒退吧。

◎本文參考書籍：

一、《新編中國文學史》，中國文學史研究委員會執筆，台灣高雄復文圖書出版社印行。

二、《朗誦研究論文集》，簡鐵浩編著，香港嵩華出版事業公司，一九七八年十月初版。

右◎「中國現代詩」獎頒獎典禮，前排左起蓉子、吳晟、施友忠夫婦、管管、紀弦。後排左起羊令野、洛夫、張默、羅門、瘂弦、商禽、林亨泰。（1975）
右下◎《創世紀》、《詩宗》同仁歡迎旅美詩人楊牧（前排左三）歸國。（1974）
下◎聯合報文學獎頒獎典禮，張寶琴（前排左二）、瘂弦（前排左三）、陳義芝（後排左一）。（1995）

左◎前排左起羊令野、瘂弦、向明，後排左起管管、辛鬱、張默接受中央電台訪問。（約1991年）
下◎洪範書店創辦十週年，前排左起葉步榮、瘂弦，後排左起楊牧、沈燕士。（1976）
左下◎美國德維文學協會舉辦「瘂弦作品討論、朗誦會」，左起簡捷、曉亞、瘂弦、王露秋、陳銘華。（2004.2）

# 飛白的趣味

## ——從書法、電影、戲曲到詩的朗誦

◎瘂弦

飛白，是漢字書體的一種，一般認為是東漢蔡邕所創。相傳左中郎蔡邕有次赴鴻都門巡訪，看到修飾房子的匠人以堊帚成字，引發了他的靈感，飛白書，便是他從堊帚拖出的痕跡上作墨趣的聯想，所創意出來的書寫技法。

飛白書的最大特徵，是文字筆畫輕微不滿，或中空，或斷續，絲絲露白，看起來就像用枯筆疾掃而過的樣子，呈現一種意到筆不到的特殊氣韻。此種技法歷代仿效者甚多，且有不少詮釋的理論。如「取其若絲髮處謂之白，其勢飛舉謂之飛」（宋，黃伯思）、「白而不飛者似篆，飛而不白者似隸」（明，趙宧光）等，都是對飛白所作的歸納與界定。至於說它能創造虛中有實、實中有虛的意境，那是屬於書藝美感之外的哲學演繹了。

其實，飛白的技巧在其他的文學藝術中也有類似的展現，以光色線條運動為主要表現

◎瘂弦與逍遙遊藝術文化公司鍾進益（左起）、顏艾琳、白靈合影於台北誠品信義店。（2006.2）

形式的電影為例，歷來被導演們常用的
溶、淡、疊影、圈入、圈出等敘述元
素，「抽象電影」所強調的韻律及視覺
設計，「加速蒙太奇」以剪輯密度所構
成的時空新關係，以及現代派電影在意
象思考上的突破、對電影分鏡辨證觀念
的新探索，都可以與中國書法的飛白趣
味產生聯想，稱之為映像的飛白也無不
可。

　　中國古典戲曲的唱腔，也有類似飛
白的設計。其中以被稱為「檀板清謳，
笙簫並奏」的崑曲最為考究。我曾多次
欣賞蘇崑劇團的演出，發現他們在曲調
和腔格上以簡潔古樸為上，強調避免富
貴氣、創造書卷氣。可能是由於早年的

樣板戲交響樂伴奏形式所遺留的不良影響，一直到目前，大陸上還有不少京劇或地方戲曲，伴奏部分自我表現意識過強，每每因為音量過大而掩蓋唱腔，破壞了以演唱為主、伴奏為從的基本原則；造成演員必須聲嘶力竭才能與伴奏爭雄，要不然就得使用小蜜蜂，才能壓過那些逞能鬥強的急管繁絃，而小蜜蜂是破壞聲音美的怪物。基本上，中國戲曲的伴奏是室內樂，不是交響樂。蘇崑在這方面堅守傳統四大件（笛、笙、曲弦、提胡），鑼鼓之外除非必要通常不加任何樂器，完全保持民族特色，與演員的唱腔建立彼此映襯、相輔相成的和諧關係。經驗老到的演員在詮釋唱段時，常常故意不把一個樂句唱滿，留下一些空間讓伴奏去點綴。因為演員們發現，一個樂句不完全唱滿，比唱滿有更大的彈性，除了留出餘地供樂隊去發揮之外，觀眾也可以根據自己早已耳熟能詳的調子做想像的補充，在鑑賞的心理層次上，無疑使觀眾也感覺參與了創造，這種賦格式的變奏，是屬於聲音的飛白了。

如果我們把飛白的觀念，用在詩文的朗誦上，也會創造一些新感覺。五四時期戲劇家洪深談朗誦*，認為散文與詩，各有其格式，前者是節奏格式，後者是韻律格式。朗誦者首先要進行分析才能定出基調。一般來說，表現節奏的辦法，是將節奏中的「時隔」加以

左◎瘂弦與林懷民攝於八里。（2004）
右◎洛夫（後右一）、陳瓊芳（前排右一）、葉維廉（後排左一）、廖慈美（前排左一）、張橋橋（前排中）、攝於溫哥華瘂弦家。（約2000）

右◎瘂弦在花蓮東華大學與與楊牧（右一）、夏盈盈（右二）、王文進（左一）合影。（2004）
下◎朱炎（左一）與瘂弦出席墨西哥舉行之世界筆會大會。（2005）

上◎瘂弦夫婦（前排）與「溫哥華種詩」詩歌創作班部分同學合影。（約1999~2001）
左◎聯副「作家出外景」，左起林煥彰、田新彬、席慕蓉、趙衛民。（約1990年代）

區分，定出加強點的位置，或做短暫的頓逗，或將重音特別提高。而表現韻律的辨法，則是把加強點字音的「時值」延長，將加強點以外的字音以輕讀帶過。有時，朗誦者也可以視誦材的內容與感情傾向，不延長時值而以頓歇補充之。更重要的是，在意群與節奏之間，做適當的調節，或以韻律為重，或以意群為重，這種輕重濃淡疏密間的互動互補，與書法上所講求的飛白十分相似。

中國書法藝術講求筆力，筆有筆的「遠行力」，在詩的朗誦上，聲音也有聲音的遠行力。聲音的行遠依靠的是共鳴的調整，此處所謂遠，不是實質的遠，而是想像的遠。在聲音的遠行途中，時有間斷、變細的情況，好像歌聲行在大草原上，一部分被天風吹走，一部分被高草遮斷，表現出一種空曠渺茫之感，詩人辛鬱演唱邊疆民謠便有這種功力。

朗誦是介乎語言旋律和音樂旋律之間的產物。通常，在音樂旋律的表現上，吟唱的成份大於說白的成份，吟唱時從一個音高到另一個音高，必須跳躍，一音停頓，再續一音，情況像越欄柵。而在語言旋律的表現上，則是說白的成份大於吟唱的成份，從一個音高滑溜到另一個音高，音音連續，沒有間隔，情況像走斜坡。詩的朗誦秘密，便是跳躍與滑溜之間的交替運用，這又符合埾帚成字的意念了。

飛白之為用大矣哉。

＊洪深談朗誦的文章，出自《戲的念白與詩的朗誦》一書，上海大地書屋出版

文學留聲2

# 弦外之音：瘂弦詩稿、朗誦、手跡、歲月留影

2006年5月初版　　定價：新臺幣420元

著　者　瘂　弦
發行人　林載爵

出版者　聯經出版事業股份有限公司
台北市忠孝東路四段555號
編輯部地址：台北市忠孝東路四段561號4樓
叢書主編電話：(02)27634300轉5043・5228
台北發行所地址：台北縣汐止市大同路一段367號
電話：(02)26418661
台北忠孝門市地址：台北市忠孝東路四段561號1-2樓
電話：(02)27683708
台北新生門市地址：台北市新生南路三段94號
電話：(02)23620308
台中門市地址：台中市健行路321號
台中分公司電話：(04)22312023
高雄門市地址：高雄市成功一路363號
電話：(07)2412802
郵政劃撥帳戶第0100559-3號
郵撥電話：26418662
印刷者　世和印製企業有限公司

叢書主編　顏艾琳
　　　　　邱靖絨
校　對　姜秀鳳
　　　　劉洪順
整體設計　翁國鈞

行政院新聞局出版事業登記證局版臺業字第0130號

本書如有缺頁，破損，倒裝請寄回發行所更換。　ISBN 957-08-2999-0（平裝）
聯經網址：www.linkingbooks.com.tw
電子信箱：linking@udngroup.com

國家圖書館出版品預行編目資料

弦外之音：瘂弦詩稿、朗誦、手跡、
　歲月留影／瘂弦著．初版．臺北市．聯經．
　2006年（民95），(文學留聲：2)
　160面；14×21公分．

　ISBN 957-08-2999-0(精裝附光碟三片)

848.6　　95005094